自殺

安川登紀子

七月堂

自殺

安川登紀子

目次

III

自殺

I

冬晴れ

裸木のレースの枝々のうしろで
どこまでも遠のく
青い空

シャッターをおろすように

まばたきをして
君の映像を
頭に焼き付ける

寄り添いあう母子の

母は子に怯えていたのだが
子は母の
影に怯えていたのだった

寂しいというのは

忘れられていた
懐かしい記憶が
疼くことなのだろうか

齢をとって

新たにひとの名前を覚えるのが厭になった
覚えた分だけ　去っていったひとたちの
大切な名前が抜け落ちそうな気がして

舞踏家ミイ

黒猫ミイの動きに
ダンスの老先生は目を輝かせた
「人間にはおらん！　素晴らしいダンサー」

ベテラン詩人

勇気を出して
無駄な言葉を書く
誰もが捨てる言葉を

悲しい言葉

老いた彼は　何を言っても
「関係ない！」の一点張り
私には孤独の叫びに聞こえるのだ

生き続ける

死んでしまった人々は
私の記憶に生きる
幻

生きているからこそ

生き生きと生きているからこそ
こんなにも孤独なのだ
ぼんやりしていたら　こんなに孤独ではないはず

自分

亡くなった父が恋しい
わからなくなってゆく母が恋しい
自分が何者であるか分からなくなった

生きていることは

生きていることは
死ぬことよりも怖しい
何をしでかすかわからないから

欲望を無くしたら

欲望を無くしたら生きながらにして死んでしまう
どうして　悟ることは讃えられ
死ぬことは責められるのだろう

神の人間宣言

宗教の勉強は
常識に
洗脳されないためにしている

私は被愛妄想の
狂人に過ぎない
すべての人間に愛されていると思えてならない

砂漠

一粒だけでは「砂」と分からぬ
みんな一緒になってこその砂
なんて平和な世界！

副作用の勧め

お薬は
服毒して
ください

君　あたまオカシイよ

お世辞を言っても無駄だよ
何も出やしないさ
ボクはオカシクない

心なんてもの

心なんてもの　うっちゃっておけばいい
喜びも　悲しみも　憎しみも
ましてや　楽しみなんぞ

流れるまま
ほっておけ
そんなもの

それでも
それが不可能になったとき
たまらなくなったとき

爆発させるんだ
命まるごと
弾けちゃうんだ

囚人宣言

よくも囚人扱いしたな
よし
犯罪を犯してやる

等身大に

等身大に苦しみなさい
おおげさにしては
いけません

幸せな頃は

幸せな頃は
（絶えず死ぬことを恐れ）
不幸でした

わたしの原子爆弾

殺意まるごと
拳固に握って
自分もろとも

地球まるごと
破壊できたら
どんなに小気味いいことか

夢から覚めて

「殺シテヤルー！」
と叫んで
飛び起きた

正直者

「あーーー
喉から手が出るほど
お金が欲しい！」

神が人間の姿を

神が人間の姿をしているとしたら
乞食をしている
ことだろう

あさましく
働いて
金を得ようとはせず

只ただ
ひとの愛や情けを乞い
命を繋ぐのだから

うるさくない？

政治家って
マイク持ってるのに
なんで　大きな声で話すの？

問い

無とは？
空とは？
その違いとは？

II

命の尊さを教えるために

テレビをつけると報道番組で
「命の尊さを教えるために
小学校で鮭の稚魚を飼っている」
とやっている
小学生がみんなで面白がって
水槽の中の稚魚の姿を見ている
そばで学校の先生がにっこり
「命の尊さとは面白いことか」

「命の尊さとはにこやかなものか」

子どもたちがインタビューに答えて
「かわいい」
「大きくなって欲しい」
と感想を言う
「かわいいから　大きくなるから
命は尊いのか」

先生が
「大きくなったら飼えなくなるから
多摩川に放流する」
と言う
「それでおしまいなのか」

大きくなった鮭を
みんなで食べることによって
『自分たちは命を戴いて
生き延びているんだ』と自覚し
初めて子どもたちは
命の尊さを学ぶのではないか

「障害者」と呼ばれるひとたちよ

「障害者」と呼ばれるひとたちよ
そのままで君らは美しい
欠けているからこそ
神の創り出した芸術作品だ
「健常者」を名乗る者たちを真似るな
ロボットになるな

恐ろしいのは「健常者」を名乗る者たち

全ての人間を自分らと同じに仕立てあげようと
「障害」という言葉を利用して目論む

しかし　絶望するな
いつの日か
聖なる片輪が現われ
必ずや健常者社会は破滅する
差別用語を掘起こせ
「わたしは片輪だ」と胸を張れ
押し付けられた障害者手帳を
溝《どぶ》の中に
叩き捨てよ

物と者

物は強い
物は精神を持たないから
ぶれるということがない
常に正確である

心の弱さから
傷ついたり
過ちを犯す
者は弱い

物が者を虞《おそれ》ることはないが
者の造り出した
核兵器を虞る者の
なんと多いことか

物に勝る者は命を持つ
者よ　生きよ強くなれ
さらに図太く
さらに鈍感に

やがて
死が訪れ
君も物の仲間入りだ

さきに切って下さい

あのひととおしゃべりしては
至福のときを過ごしたものだ
電話を切るのが辛く
わたしはいつも言った

さきに切って下さい
さきに切って下さい

はい
あのひとは静かに言うと
受話器を置いた

そんなあのひとが
さきにこと切れてしまった
逢うことも叶わなくなったわたしの
長生きをして下さい
という最後の言葉を
置き去りにしたまま

少しはまともな法律が

友人を駅で待っていたら
貼紙の大きな文字が
目に飛び込んで来た
〔障害者の差別を止めましょう〕
何？　コレ⁉

障害者と言ったって
目に障害のある者も耳に障害のある者も精神に障害のある者もイッ

ショクタで
具体的にイメージできません。
障害を持っているのだから
助けてもらうのは当然のこと
健常者と同じに扱われてはたまらない
ということは
この「差別」イコール「虐待」なわけね
駅で貼紙を見て通って行く一般の人たち
障害者を虐待するような人たちには思えないけどなぁ
目に障害があって杖をついている人がいれば
ホームから落ちたりしないよう
それとなく見守っているし
両脚がなくて車椅子で通る人がいれば
道を開けながらジロジロ見ないようにしているし

「虐待」といえば

いつもベソをかきながら電話してくる

作業所に通う精神障害者のトンちゃんを思い出す

「『生理痛でお腹が痛くて休みたい』と言っても休ませてもらえない」

「『頭が痛くなったから帰らせて下さい』と言ったのに『もう少し頑張りましょう』と帰してくれなかった」

「薬の副作用で太っているのに『やせなければ○○君との交際を禁止する』と言われた」

極め付けは

「他の人の薬を飲まされて徹夜した」

酷いもんだった

それでも珍しく嬉しげな声で

トンちゃんが電話してきた
「『辛いから帰りたい』と言うと『どうぞ　どうぞ』と帰してくれる
ようになった」
〔障害者虐待防止法〕というのができたからだとか
調べてみたら
平成二十三年六月二十四日施行
少しはまともな法律ができたもんだ
とりあえずはバンザイ！

それでもまた
トンちゃんがベソをかきながら電話してくる
「齢を取ったせいで作業がキックなって『作業所では頑張っている
けどアパートに帰ると疲れて死んだようになってるんです』と言っ
てもスタッフの人たちが『私たちは君をデキル人間だと信じている

んだ』と言って休ませてもらえない」

どうやら

障害者は障害に甘えさせてはもらえないらしい

リンチ

あのときの精神科医に看護師
私は彼等に謝罪は求めない

彼等を処刑する

而も

理由は告げず

（彼等の殺《や》り方と同如《じ》く）

世界平和を祈れない

私もかつては世界平和を唱えてた
そのうち　だんだん気がついた
世界平和なんてただの幻　ユートピア
世界平和を唱える人たち
いっぱいいるけど
それって　本気の本気？
人に勝つこと好きじゃない？
お金いっぱい欲しくない？

綺麗な恋人欲しくない？
神様の前に立って恥ずかしくない？
稀には　有言実行の立派な人もいるだろうけど
ねえ神様　そんな人お好き？
「自分さえ良ければ
　あとはどうだっていいや」
なんてうそぶいてるダメ人間の方が
　かわいいと思うがなぁ

信号を渡る

『赤信号だ』
ピタッと止まる
右見て左見て
自動車も自転車も見当たらない
しかし
（赤だから）

時どき

鳩や鴉や雀が
油断して車道にいるのを見かけると
はらはらする

いつぞや
人間に羽根を切られた茶鳩が
自動車に轢かれ
鴉に啄まれていたっけ
小さな頭を振りふり歩く
可愛い哲学者の鳩が

ノラ猫がうろうろするのも
たまに見る
すばやい彼らも　ときに

轢死体となって

ノラ犬を見かけることはなくなった
飼い犬にされたか
ノラのまま自由でいたかったろうに
〈保健所で毒ガスによって
殺されたか⁉〉

『青信号だ』
歩き出す
ロボットのように
そんな自分が嫌いだ

人間社会が嫌いだ

訪問看護のMさん

我が家には
T医師に付けられた訪問看護のMさんが
私を見守るために
やって来る

なんだか嫌な気がするので
「自分が精神障害者という立場であることに引け目を感じます」
と言うと

「薬さえ飲んでいれば健常者のように見えます」
と言われる
（とすると精神障害者はどのように見えるのかしらね）
「最近のニュースで大きな出来事を教えて下さい」
と言うと
「雪山で遭難があり将来有望の若者たちが亡くなり胸が痛みました
医者や弁護士を目指していた優秀な若者たちだったんですよ」
（それなら　それが平凡な若者やもしくは精神障害者の若者だったら　どのような感想を持つのかしらね）

M さん訪問看護失格

木曜日には
T医師に付けられた訪問看護のMさんが
また　やって来る

カラオケ妄想記憶

いろんな人とカラオケにいく今
恋する彼とも
カラオケＢＯＸに入った気がしてならない

恋する彼は
異常に物忘れするエロ爺と見做され
恋する私は頭のおかしい色情狂と見做され
そんな二人を放し飼いにする訳にはいかぬと

両家は二人の交際に猛反対
睦まじくする場所は公園くらいだった

が
私が思いついたのが
カラオケＢＯＸの個室
「かなりイチャイチャできるかも」
妄想が膨らむ一方だった

恋する彼があの世に逝って
いつのまにやら　できた記憶が
カラオケＢＯＸでの彼との仲好しこよし
大切にしなくっちゃこの記憶
あまりに望んだが為にできてしまった

ワクワクしてくるこの記憶
精神医療の常識人間どもに
削除されてたまるか
この
だいじなだいじな脳内記憶

審判

個人の自死の選択の自由を
他者の権力を用いて奪う事は
人間の陥り易い過ちであり
個人の命を他者が奪う殺人と同じく
大罪である

グッド　タイミング

K病院の脇のゴミ置場
どこから手に入れたのか湿気たマッチで
男が火を点けようとしている
私の気配に振り向いた顔が腫んでいる
私はマッチを持った男の腕を払うと
「せっかく外に出られたのでしょう
これからどんな人間になるつもり？」
と訊ねる

「M先生やW先生やT先生みたいに
恐れられたい
〈あいつに睨まれたらなにをされるか
分からない〉と」
「やめた方がいいわ　ろくな死に方しないよ
火達磨になるとかさ」
すると男は
MやWやTが痛めつけた精気のない声で
低く呟いた
「火を点けたら
俺は中に飛び込むつもりだ」

「そう」
私は　抑制のせいで歪になった男の掌に

用意していたライターを握らせると
なにくわぬ顔で
立ち去った

手と手

握手って　けっこう大切

相手を信じる心
相手の幸せを祈る心

二つの愛の小さな約束

ちょっとくらい喧嘩したって

「あぁ　あのとき握手したっけ」と
思えば
子どものように素直な心で
またまた握手で
仲直り

だからこそ
偽の握手は
赦せない

陽子の終わり方

健康そのものにみえた陽子だったが
ときに自死を希ってしまうと
打明けてくれたこともあった
うまそうに煙草を楽しむ美しい女だった
「禁煙」の健康志向が広まっても
「楽しく吸って肺癌で死んだら本望だわ」
笑っていた陽子
しかし健康志向が昂じて

「煙草は迷惑」という風潮になった
「メイワク」という言葉が陽子にはこたえた
（おまえなんかいなければいい）に通じると
陽子は禁煙を強行するために精神安定剤に頼った
安定剤の副作用で二十キロ近く太り動作が鈍った
陽子は逃げるようにモデル業界を去った
何年もの間陽子からの連絡は途絶えた

「肺癌の疑いで検査中です」
突然の陽子からの知らせだった
「とにかく顔が見たい」と返すと
「来られたら却って迷惑　こんな姿見られたくない
体も心もぼろぼろ」と
もし肺癌だったらやはり見舞いに――

考えていた矢先の陽子の訃報だった

電話での事務的な声
「姉は肺癌で亡くなりました」
（？　おかしい　いくらなんでも早過ぎる！）
やっとの思いで一つだけ訊ねた
「お病気ではお好きな煙草を止《と》められて
お辛かったのではないですか」
「姉は一度だって禁煙を破ったことはなかったです
世間さまのために」
彼の声が震えを帯びた

馬鹿だった

かつて　ゆきづまった私に
父さんは言った
「馬鹿になれ」
　馬鹿だから苦しんでいるのに
なに言ってるの？　この人
私は思った
　利口なくせして
馬鹿のふりして生きるのは

さぞかし楽しいでしょうよ

父さんも死に
少しだけ利口になった私は
気づいた
　父さんも馬鹿だったんだ

いまごろになって
そんな父さんが好き

最後の恋人に

Ｉの恋人になれたのは
最高だった
自分にないものを持つひとに
憧れた私にとって
Ｉの大らかさ明るさは
眩しかった
姿も日本人離れしていて
初めてのタイプだった

Ｉを深く知るにつれ
Ｉを身近に感じ出した
じつは　Ｉと私は似ていた
そのうち　顔だちまで
似ている気がしてきた
Ｉと私はどんどん近づいた
Ｉも同じ気持ちのようだった

「他人同士だと思うのは止しましょう」
Ｉと言い合った

Ｉは死んでしまった
そして私の

最後の恋人となった
Ｉを通して私は
「全てのひとは同一人物である」
という思想に陥ったのだ

もう恋はできない

ためにならないセリフ

「発声練習　体力づくり
なんの役に立つの？」と訊くと
応援団の内田君
「なんの役にも立たないところが
いいんじゃないか」
したり顔で言っていた

パーキンソン氏病になってから

読書の虫になった
克彦さん
「みんなが一日一つずつ損をすると
世の中は良くなるんだよ」
ぼそぼそと電話口で

突然　寝るためだけに訪れて
目隠しに植えた木々を刈り取って
帰ってゆく彼を
待つ佐伯さん
「どうしようもないひとが
好きなのよ」
のほほんと笑ってた

ためにならないセリフ
胸に残って離れない

蒼空《そらくう》の深みから

父の書斎に独りいた
窓から空を眺めていた
田園調布の白い家
晴れの日の午前《ひるまえ》だったろう
遠くで工事の音
大工さんたちが親《ちか》しかった
母と父に守られているのが
あたりまえだった

大人になるということは
遥か彼方のことであった
あおいあおい空

思い出すと
きまって聞こえてくる
空の向こうから
「カーン！」と
永遠のように

我が子のみた夢

カオルも大きくなったものだ
朝　起きてくると
ゆうべみた夢を
ママに話してくれる

けさ
「すごい夢をみた」
と言う

「どんな?」
「夢の中で
『この夢は忘れなくては』
と思ったくらいすごい夢」
とカオル
「どうして
『忘れなくては』
と思ったの?」
「だから忘れたの」

いったいどんな夢?

気になる
現実の出来事よりも

カオルのみた夢が
気になる

III

詩人

たとえば　めくらの視るもの
　　　　つんぼの聴くものを
死者の言葉にて語るひと

不幸であれば　あるほど

ひとは　不幸であればあるほど
幸せを感じる能力が
発達する

疑問

？？？

糞尿のみ

本質的には
人類の産み出しているものは
糞尿のみ

その怖ろしさのわからぬ人間は

人体を解剖することの怖ろしさがわからぬ人間は
生きながらにして解剖し
その怖ろしさをわからせてやろう

無機質なロボットのような物体になって

感情を持たぬ
無機質なロボットのような物体になって
人を殺したい

人の心の襞を覗き見するなんて

心理学なんていかがわしい
人の心の襞を覗き見するなんて
そこらのエロ本よりもいかがわしい

テンシンランマンになってしなきゃ

セックスなんて
テンシンランマンになってしなきゃ
楽しくも美しくもない

母から聴いた阿呆らしい話

母と二人の有能なひとたちが
外国の心理学の本を
共訳することにしたそうだ

そしたら他の二人が
己の隠されたる心に気づきノイローゼになったため
翻訳は中止になったそうだ

政治家

「あなたの一票が大切なんです」と
どれだけ大勢の人々に向けて言えば
気が済むのか

真の同情には

どんなにプライドが高くても
真の同情には
腹が立たない

差別用語

「お手伝いさん」と呼ばれたい
奴隷が
どこにいるか

病名

どうして「分裂病」ではいけない？
「統合失調症」より
断然　かっこいい

カンペキ

（とても素敵だ）と思ったから
「カンペキですね」と言うと
「常にカンペキをめざしているの！」と真剣に答えた

そんなに
真面目に生きていたら
カンペキにはなれないねぇ

体を売る女

ろくでなしの亭主に
「私の体は商品なの
触らないで！」と

狂気とは

狂気とは
聖なるものの仮りの姿
俗っぽさの極み

同一人物

もし　この世に神がいるのなら
それは　悪魔と
同一人物だろう

世界平和とは

もろもろの不平等の
危うい バランスを
保つこと

詩革命

既存の詩の概念の
ぶち壊しから
始めねば

大合唱

天まで届け！
悪魔の
呪い。

そこいらじゅうに

愛なんてもの
そこいらじゅうに
うじゃうじゃ転がっている

憎しみ
も
また

転ばぬ先の杖

杖を持っているだけで
電車の中では席をゆずって頂き
申し訳ない

急いでいると　杖を振り回しながら
駅の階段を駆け上がってしまい
申し訳ない

ネコ

かぶり
死ぬまでかぶれば
ネコのまま

解剖

人間の体を
生きながらにして解剖したら
体は死ぬ

人間の心もまた
生きながらにして解剖したら
心は死ぬ

イコール

生身の人間
完全であるということは
死んでいること

人間は

「物」である
自分が死者であることに
誰もが気づいていないだけ

そのうち
脳の臓器移植が
可能になるだろう

愛の手帳

保健所によると
「知的障害」の場合には
「障害者手帳」ではなく「愛の手帳」と呼ぶそうだ
「愛」という「やさしい言葉」を使うそうだ
「やさしい言葉」とは「愛」も
みくびられたものだ

知的障害者を前にすると
皆さん　いきなり
クリスチャン

知的障害者は
愛に包まれて
「どけ　どけ　愛がジャマ！」と

或る精神障害者曰く

まわりじゅうバカばかりの
この社会には
適応しかねます

精神障害者は　立場であって
仕事ではないことを
認識しましょうね

精神病院では
犯罪行為が
許されております

法律が　警察が
守ってくれないなら
こちらも　犯罪に走りますよ

オテだのフセだのチンチンだの
飼い馴らされたペットになるよりは　わたくし
狂犬のままでいたいのであります

能力

幻覚　視えないよりは視えた方がいい
幻聴　聴こえないよりは聴こえた方がいい
妄想　予言に至るまでの寄り道

私は

何故　生まれなくてはならなかったのだろう
何故　生きねばならないのだろう
何故　死ななくてはならないのだろう

知（痴）的殺人犯曰く　死刑判決に対し

殺人を犯すと
死刑になる可能性があるとは
知りませんでした

知っていたら
殺《や》りませんでした
カンベンして下さい

「平和１」

平和な世界なんて
つまんなくて
あくびが出ちゃう

「平和2」

核兵器問題なんて
全ての国が国交断絶すれば
解決するのに

人類が平和をめざすなら
総ての人間が
「個人」の立場でいること

総ての人間が
違う立場に立つこと
群れないこと

光る人

ケンソンすれば
ケンソンするほど
わたしは輝く

運動が苦手で

逆立をするのが
人殺しをするより
怖い

遺書

私を放置しておくと犯罪を行います
退屈なので　自殺でもしようかと思います
さようなら

延命ではなく死に方を選ぶ

或る「考えるひと」は
安楽死をさせてもらえないなら
「自殺」するより「死刑」になることだと
「死刑」になる方法を
毎日　毎日　考え続け
寿命を終えた

人類社会

互いに　互いの命を
食潰してゆく
団体

おいしく物を食べるには

みんなと一緒に食べるより
一人で真剣に
味わいながら　いただくことだ

「今どきの社会1」

騙されても　騙されても
人を信じようとする
愚かしくも美しい　人間の在りよう
「ストップ　詐欺被害
私は騙されない」と
嘆かわしい用語が　まかり通る

（コンピューター）ウイルス
細菌
悪しき者たちの反乱

「今どきの社会2」

老人たちは飼い馴らされて
みんなして
生きていたい　ふり

認知症予防の体操でございます
ハイ
1　2　3

医者は

くたばれ
寿命で死にたい

ケンコーケンコーと
鶏じゃあるまいし
ケンコー骨でもさすってろ

健康寿命を
延ばしたいなら
寿命を縮めろ

夜明けはまだか
いつまでたっても
晩年晩年晩年晩年

或る浮浪者曰く

社会は私を見捨てたけれど
こっちは　こっちで
世捨て人

愛は真理を

愛は
真理を
曇らせる

少しでも自殺を減らすためには

遺書を残しての
自殺を
禁じ
遺書が残っていた場合
その文書を
無効と見做《みな》すことだ

決めるのは

自分が負けたか
　勝ったかは
自分で決める
人生が失敗だったか
　成功したのか
決めるのは自分だ

人間は醜い

問題は
醜い自分を
どう生き貫くか

見たくないものを見ないためには
視点を
宙に置くこと

鏡の前で
宙を視て
立ち尽くす

憎しみと愛と

憎しみによって生きれば
憎しみは　いよいよ募り
力強く生きる

愛によって生きれば
愛は　もろもろの不安を産み出し
ひとは疲れを増すばかり

憎しみは
愛に
勝つ

どうあがいても

ひとは
世間体のために
生きてしまう

十字架にかけられたキリストが
人びとから畏敬の念ではなく
憐れみの目を向けられていたら

彼のプライドは
それに耐えることが
できたであろうか

どう考えても

霊に
死刑宣告は
できない

祈ることは

信じること
信じるために
私は祈る

口癖

神よ
おまえなんか
いない！

装画　ほんまちひろ

自殺《じさつ》

二〇一九年二月一五日　発行

著　者　安川《やすかわ》　登紀子《ときこ》

発行者　知念　明子

発行所　七　月　堂
〒一五六―〇〇四三　東京都世田谷区松原二―二六―六
電話　〇三―三三二五―五七一七
FAX　〇三―三三二五―五七三一
印刷・製本　渋谷文泉閣

ISBN 978-4-87944-359-5 C0092